한그루 열두 가지

박정미 쓰고 김기란 그림

책읽는수요일
Books
on Wednesday

마음을 내어준 밭에 마음을 심었습니다.
그리고 열두 달 농부들의 밭을 다니며 심은 마음을
무럭무럭 키웠습니다.

이 책이 누군가에게 첫 밭이 되어줄 수 있으면 좋겠습니다.
나는 어떤 마음을 기르고 어떤 모양의 가지가 될 것인지
오늘도 마음밭을 두루 살펴봅니다.

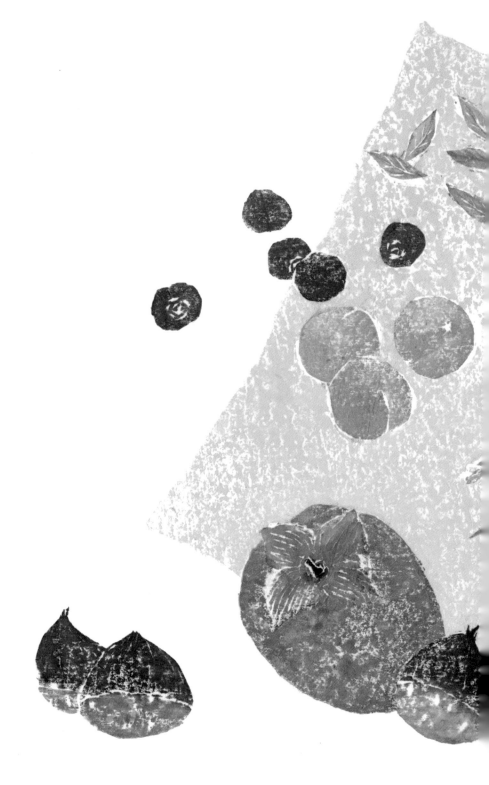

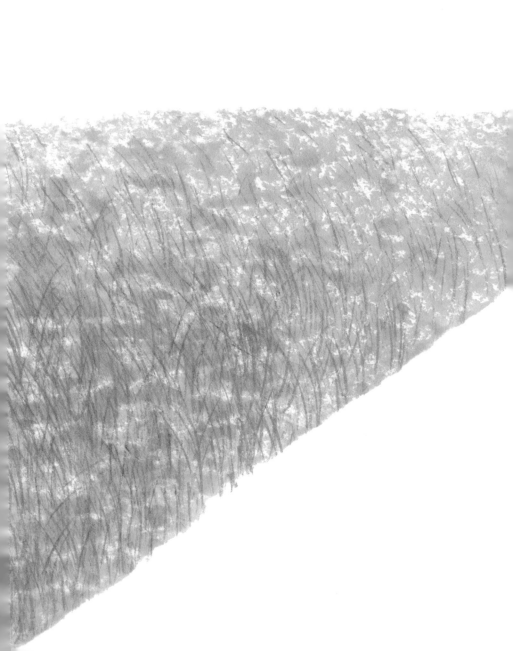

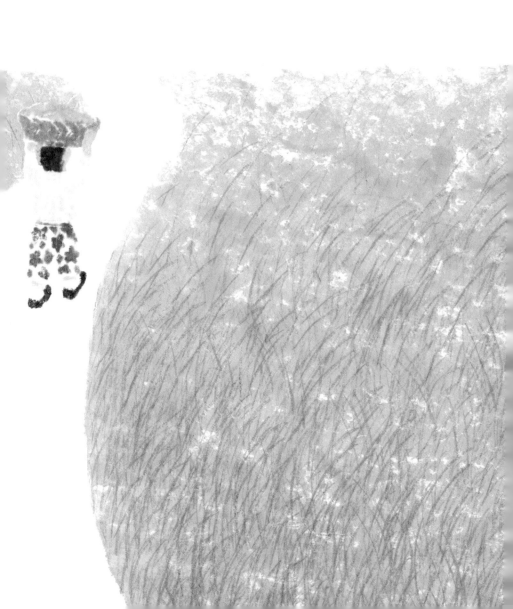

보내는 마음

그루란 작물을 심고 기르고 거둔 자리를 뜻하며, 그 자리에서 한 해 동안 한 번의 농사를 짓는 것을 '한그루'라 합니다. 한 해 동안 단 한 번이라고 하면 실패의 두려움에 시작이 어렵게 여겨질 수 있지만, 사실 매 계절마다, 매해마다 기회가 더 있다고 생각하는 수도 있지요.

집도, 직장도 정하지 않고 시골로 내려온 저에게 마을 이웃이 밭 하나를 내어주었습니다. 이곳을 내가 살아갈 터로 여길지, 앞으로 농부로 살 것인지, 아직 아무것도 정하지 못했을 때 얻게 된 그 밭은 저를 이곳에서의 첫 계절을 살아보게 했습니다. 그 밭에서 한 계절의 날씨를 겪고, 여러 동물도 만나가며 많은 이야기가 생겼습니다. 그러는 동안 저는 자연스레 다음 계절도 준비하게 되었습니다. 처음으로 밭에 심어본 땅콩은 비록 한 알도 얻지 못했지만, 다음 계절에 심은 배추와 무는 건강하게 잘 자라주어 그해 겨울에는 김치를 담그기도 했습니다.

물론 배추와 무가 무사히 자라주지 않았더라도 긴 겨울을 푹
쉬고 나면 다시 계절을 살아볼 수 있는 기회쯤이야 이듬해 봄이
데려다주었겠지요. 그렇게 한 해씩 채워 이곳에서 다섯 해를
살았습니다.

   농사는 여전히 서툴지만 맛있는 채소는 무엇이든 직접
심어보게 되었고, 첫 밭을 내어준 이웃 태진이와는 친구가
되었고, 내 얼굴을 알아보고 내 이름을 불러주는 마을 분들이
많아졌고, 매일 공짜 밥 챙겨주는 명자 언니가 있고, 마음이
헛헛할 때 불쑥 찾아가 위로받고 올 수 있는 마을 아짐이 있고,
혼자 어찌지 못하는 밭일에 울고 있으면 걱정하고 도와주는
이웃도 있어 든든합니다. 저는 이제 농부가, 마을 사람이
되어갑니다. 이곳에서 어찌 살지, 무엇이 될지는 처음부터
정하는 것이 아니라 살아가면서 되어가는 것이라는 걸
깨닫습니다. 밭 하나로 계절을, 해를, 삶을 살아가는 방법을
배워갑니다.

   밭에서 기른 내 마음이 참 좋아서 다른 밭의 마음들도 듣고
싶어졌습니다. 그래서 혼자 키운 작물을 채우던 보따리를 풀고,
매 계절 다른 농부님들을 찾아다녔습니다. 두릅, 차, 매실,
블루베리, 고추, 밤, 감 같은 계절 작물과, 조청, 엿, 술 같은
계절 수작물을 그달의 보따리로 싸고, 밭에서 들었던 농부들의
이야기를 편지로 썼습니다. 그렇게 모은 이야기들이 책이

된다고 하니 가락엿 만드는 장순님 아짐이 배시시 웃습니다. 두릅 짓는 한재희 형님과, 대봉감 짓는 미정 언니는 내용을 허락받지 않아도 되니 쓰고 싶은 대로 실컷 쓰라며 응원해줍니다.

마음을 내어준 밭에 마음을 심었습니다. 그리고 열두 달 농부들의 밭을 다니며 심은 마음을 무럭무럭 키웠습니다. 복순자 아짐 말씀처럼 마음을 나누려면 밭이 넓어야 한다니 이렇게 책으로 엮어 여러분들께 전해봅니다.

이 책이 누군가에게 첫 밭이 되어줄 수 있으면 좋겠습니다.

2021년 겨울, 박정미

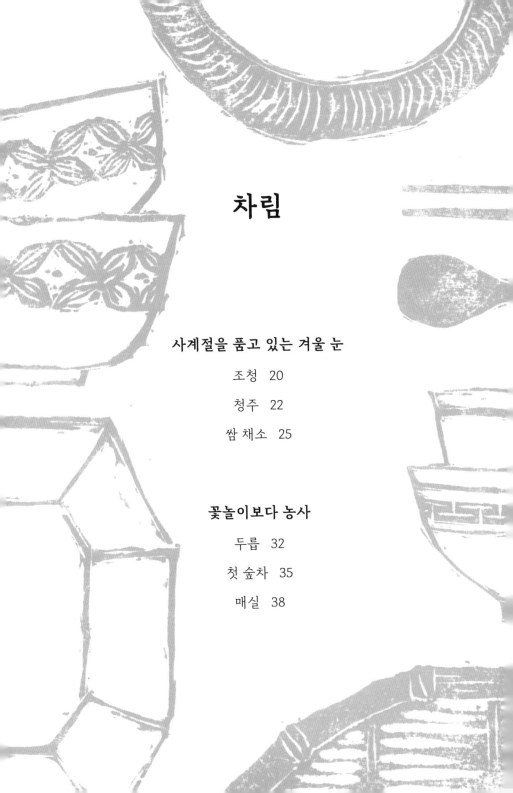

차림

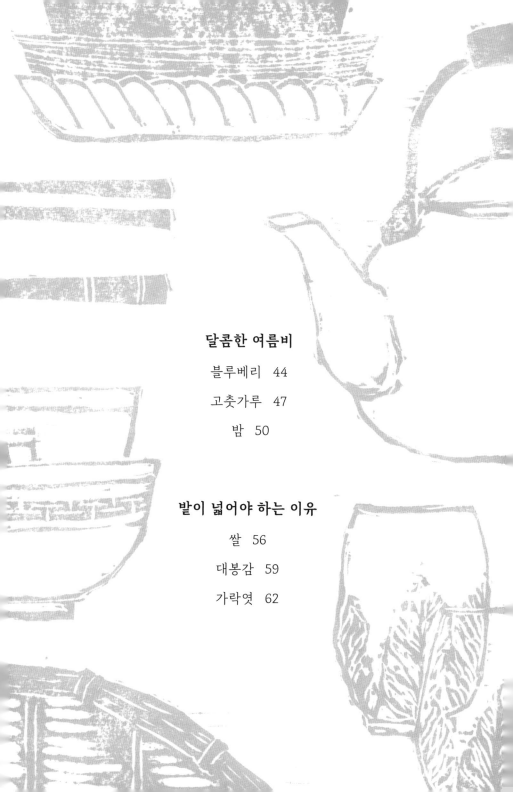

사계절을 품고 있는 겨울 눈

도시에서는 요일대로 살지만 시골에서는 작물의 때에 맞춰
살아갑니다. 농사는 사람과 하늘이 함께 짓는 것이다 보니
때마다 하늘에 바라게 되는 날씨가 있지요. 작물이 자라기
위해서는 햇빛과 바람도 물론 중요하지만 아무래도 농사에 가장
큰 영향을 주는 것은 비입니다. 그래서 매 계절마다 비 걱정을
합니다. 봄비는 당연하고, 여름비에 겁먹고, 가을비에 긴장하고,

겨울비는 아쉽습니다. 봄비는 막 심은 작물이 뿌리를 잘 내리게 돕지만, 봄 동안 제아무리 잘 큰 작물도 여름의 긴 비와 태풍에 장사 없고, 가을걷이를 앞두고 작물이 바짝 마르는 동안에 내리는 가을비는 농부의 애간장을 태웁니다. 그리고 겨울에는 땅을 얼려 흙 속의 병해충을 없애야 하니 아무래도 비보다는 눈이 반갑지요. '제때에 딱 맞게'란 참 어려운 것임을 계절마다 실감합니다. 그렇게 자연스럽게 계절을 받아들입니다. 언제부터 농사를 지었다고 이렇게 금세 해를 살아가는 방식이 바뀔 수 있는지 참 신기해 하며 매해를 배워갑니다.

　　겨울입니다. 땅이 얼면 사람 손으로 더 이상 할 수 있는 것이 없지요. 세 계절 동안 부지런했던 몸과 마음에 휴식과 위로를 줍니다. 저기 온통 하얗게 눈에 덮인 논밭은 언제 푸르렀었나 싶습니다. 빈 겨울 논을 물끄러미 바라봅니다. 때를 놓칠까 동동거리던 봄도, 태풍과 장마에 잔뜩 겁을 먹던 여름도, 이만하면 됐다고 욕심을 내려놓던 가을도, 전부 저기 쌓인 눈 아래에 있습니다. 저 눈이 다 녹으면 또 부지런히 몸을 움직이기 시작하겠지요. 자연 앞에 서 있는 사람이 아니라, 저 자연의 일부로 그 속에 내가 거기 있습니다. 사계절 열두 달을 내 삶으로 잘 살아내었구나 싶습니다.

1

동계면 하외령 마을 김종순, 김봉수 고부

조청

어머니와 며느리가 솥 불 앞에 앉아 있습니다. 조청을 만드는
일은 이제 며느리와 아들도 어머니만큼이나 능숙해졌지만
여전히 며느리는 어머니께 솥 불을 뺄 적당한 때를 물어봅니다.
혼자서도 조청을 만들 수 있지만 불 조절만큼은 어머니께
여쭈어 함께 겨울을 치릅니다. 하외령 마을 안에서도 가장
솜씨가 좋다는 김종순, 김봉수 고부의 조청을 고는 풍경입니다.
　조청은 다섯 시간 정도 보리를 물에 불려 싹을 낸 후 햇볕

아래서 뒤집어가며 며칠을 말립니다. 잘 말린 보리 싹을
엿기름이라고 합니다. 쌀을 불려 엿밥을 찌고 나면 엿기름과
물을 넣고 반나절을 삭힙니다. 이것이 식혜. 발효시킨 식혜를
다시 끓인 후 찌꺼기 걸러내기를 반복하고 받아낸 엿물을 솥에
붓고 조청이 될 때까지 솥 불을 넣고 달입니다. 달이고 달인
조청은 점점 색을 내고 끈기가 생깁니다.

어머니와 며느님께 이제 조청은 어디서나 쉽게 돈으로 살
수도 있는데 여전히 직접 조청을 고는 이유를 여쭈어보았습니다.

"특별한 이유는 없어요. 쌀농사를 내가 짓고 있으니 쌀이
넉넉하고, 보리농사를 짓는 언니가 있어 엿기름을 만들 수
있고, 밤나무 매실나무를 키우며 모아둔 나뭇가지로 장작을
태울 수 있어서지요." 듣고 보니 그 이유는 쌀도 보리도, 나무도
짓지 않는 우리가 조청을 직접 만들지 않게 된 이유가 되기도
했습니다.

고부의 조청 만드는 이야기를 들으며 직접 몸을 써서 하는
일들에 무슨 특별한 이유가 필요한지 다시 생각해봅니다.
그리고 이들의 이야기 속에서 그저 논이 있고 밭이 있어 농부로
산다는 다른 농부의 말들도 떠오릅니다.

몸말이 글과 말이 되지 않더라도 이들이 몸을 움직여가며
지속해온 일에 대한 깊은 가치가, 이들의 시간으로 만든
농작물과 진한 조청을 통해 전해지면 좋겠습니다.

2

유등면 유촌 마을 비틀 양조장 이종동 님의

청주

도시에서 시골로 이사 온 분들 중에는 자연 속에서 편안하게
살기보다 농사를 시작하거나, 직접 장을 담그고, 술을 빚거나,
햄을 만들거나, 천연 염색을 하는 등 손과 품이 많이 드는
일을 굳이 찾아서 하시는 분들이 꽤 많습니다. 거창한 시도가
아니더라도 마당에 작은 텃밭이라도 꼭 만들고 싶어 하시지요.
보다 여유롭게 살기 위해 시골로 삶의 터전을 바꾸고도 몸을
쉬게 하기보다 남들 보기에 '일거리'인 것들을 찾습니다.

이종동 아저씨는 술을 빚습니다. 아저씨는 도시에서 술을 빚어본 적도 없고 심지어는 술을 드시지도 않지요. 그런 분이 시골에 와서 술 빚는 법을 배웠습니다. 쌀, 물, 누룩이라는 '우리 재료'라는 기본을 지키며 수년 동안 술을 빚다 보니 어느새 '좋은 술'에 대한 자신만의 기준도 갖게 되었습니다. 술의 맛은 누룩이 정하고 누룩은 좋은 균(미생물)을 필요로 합니다.

균은 나라마다, 지역마다, 환경에 따라 다르기에 지역의 맛을 내는 특징이 될 수 있습니다. 그래서 아저씨는 언젠가 직접 농사지은 토종 밀로, 순창에만 있는 좋은 균을 찾아서 아저씨만의 누룩으로 만들어 오래도록 남겨질 술을 빚는 것이 꿈이라고 합니다. 내일의 맛이 될 '균'을 찾는 것이 꿈이라니, 이렇게나 근사한 꿈은 처음 들어봅니다.

오늘은 아저씨가 현미경으로 본 균의 모양을 이야기 해주셨습니다. 술이 맛있게 잘 나온 날에는 맛보러 오라며 양조장으로 부르십니다. 그런 날에는 칠판 앞에 서서 신나게 강의도 해주시지요. 저는 앞으로 아저씨에게서 술이 되는 모든 숨은 과정을 듣게 되는지도 모르겠습니다. 아저씨의 이야기를 비록 다 이해하지는 못해도 그 이야기들이 바로 아저씨가 직접 만들어낸 아저씨의 시간이라는 것은 알 수 있습니다. 무엇을 짓도록 시골이 우리를 자꾸 부추기는 이유가 혹시 직접 만들어가는 '시간'에 있는 것은 아닐까 생각해봅니다. 아저씨의 시간이 '비틀 양조장'의 이름으로 즐겁게 흘러가기를 바랍니다.

좋은 균만 살아 있는 겨울이 좋은 술을 빚기에 가장 좋은 계절이라 합니다. 겨울에 빚은 '비틀 양조장'의 청주를 보냅니다. 청주의 한 모금 한 모금에서 종동 아저씨가 만든 시간이 향긋하게 느껴지기를 바랍니다.

3

인계면 호계 마을 김선희, 변창일 농부님의
쌈 채소

"남광당 한약방 변창일 님께서 마을 주민 분들에게 식사 대접을
하십니다. 모두 식당으로 오셔서 맛있게 드시기 바랍니다."

　마을 어르신들의 사랑방이 되었던 한약방이 문을 닫던
날 서운한 마을 방송이 울려 퍼졌습니다. 변창일 님은 마을
어르신들이 편찮으실 때는 약사로, 심심하실 때는 말동무가
되어드리며 긴 세월 한약방을 운영하셨습니다. 그러다 젊은
사람들이 점점 도시로 나가고, 늘 함께 시간을 보내던 어르신

들도 하나둘 돌아가시고, 코로나까지 겹치면서 어쩔 수 없이 한약방을 정리하게 된 것이지요. 약방을 정리하던 날, 약사님은 식당에 모인 마을 분들께 식사 대접을 하시며 그간의 감사 인사를 전하셨습니다. 그리고 다시 농부가 되었습니다.

약사님은 농부로만 살았지만 아내 김선희 농부님 덕분에 한약사라는 직업도 가질 수 있었습니다. 넉넉하지 않은 형편에 실컷 공부하지 못한 것이 평생 한이었던 변창일 농부님은 늦은 나이에 공부를 시작했습니다. 45세에 검정고시를 합격하고 50세에 아들과 함께 대학교를 졸업했습니다. 그렇게 열게 된 한약방이었지요. 중년의 도전만으로도 대단한 삶이다 싶은데 그 도전과 성공이 아내 김선희 농부님의 노력으로 가능했다는 말에 더 놀랐습니다.

30년 전 두 농부님은 비닐하우스를 지었습니다. 그 하우스 안에서 토마토, 메론, 참외, 고추 등 지어보지 않은 것이 없었지요. 그러다 느지막이 시작된 남편의 학업으로 김선희 농부님 혼자서 농사와 가계를 도맡게 되었습니다. 그래서 농사짓던 여러 가지를 정리하고 마을 특화작물인 쌈 채소를 시작했습니다. 하우스 농사는 계절을 거르지 않아 돈을 벌기에 좋은 농사이기도 하지만, 1년 내내 쉼 없이 지어야 하는 농사이기도 하기에 쉽게 시작하기는 어렵습니다. 변창일 농부님도 잠을 줄여가며 농사를 돕느라 고생하셨지만 저는 김선희 농부님에게 더 마음이 쓰였습니다. 일을 잘해낼수록 일만 해야 했던 김선희 농부님의 삶을 보고 아내와 엄마의 '희생'이란 이런 것인가 싶어 속상했기 때문이지요. 그러다 김선희 농부님의 표정을 보고는 아차 싶었습니다. 저도 모르게 농부님을, '농촌 여성'과 '희생'이라는 프레임으로만 보고 있었던 것입니다. 이야기를 나누는 내내 자신의 힘으로 일구어낸 삶에 대한 뿌듯함과, 자신감으로 가득 찬 농부님의 얼굴을 마주하고 있었는데도 말이죠.

김선희 농부님은 하우스 밭을 자신의 정원이라 말합니다. 온전한 자신의 노력으로 일구어낸 쌈 채소 밭을 보면 지금도 설렌다고 말합니다. 아마도 김선희 농부님은 할 수 있는 일을 자신이 좋아하는 일로 만든 것이 아닌가 싶습니다. 두 분의 이야기를 들으며 이곳에 내려와 '좋아하는' 것에 맞는 일만 찾느라 '할 수 있는' 일을 놓친 것은 없는지 생각해봅니다. 어떤 일을 하며 살게 되든, 그 끝에는 꼭 두 농부님처럼 멋있는 얼굴을 갖게 되면 좋겠습니다.

달고, 맵고, 쓰고, 쌉쌀하고, 시원한 인생의 맛을 보며 최선을 다해 키운 여덟 가지 맛의 쌈 채소를 보냅니다. 김선희, 변창일 농부님의 풍부한 인생의 맛이 가득 전해지기를 바랍니다.

꽃놀이보다 농사

달력을 넘기지 않아도 하루하루 채워지는 날은 여지없이 봄에
닿습니다. 시골에 오니 겨울이 어찌나 짧게 느껴지던지요.
남은 겨울을 세어보기도 전에, 때에 맞춰 우는 새가, 아침 일찍
움직이는 농부들의 분주한 소리가, 귓전에서 눈앞에서 봄이
왔다고 말합니다. 어서 일어나서 움직이라고 소리칩니다.

　　내가 어디에 사는지에 따라 계절은 달리 살아집니다. 이제

나에게 봄은 꽃을 찾는 계절이 아니라, 꽃 피울 씨앗을 심는 계절이 된 것입니다. 아쉬운 겨울을 붙들고 있지 않고 때를 지켜 심어둔 씨앗들이 싹을 낼 때면 이렇게 서툴고 모자란 농부에게도 봄이 와주는 것이 고맙게 느껴집니다. 그리고 다시 돌릴 수 없는 올해의 봄을 놓치지 않은 것에 마음을 쓸어내립니다. 도대체 언제부터 농부였다고 이런 마음이 들게 된 것인지. 정원사이기도 했던 카렐 차페크가 말한 "농부의 품성 한 조각"이 나에게도 있었음을 흐뭇해 하며 올해도 봄을 시작합니다.

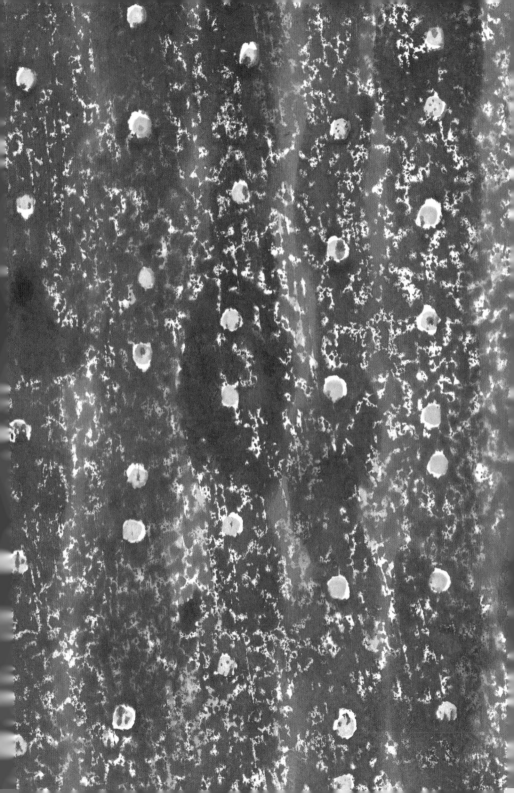

4

동계면 현포 마을 한재희 농부님의

두릅

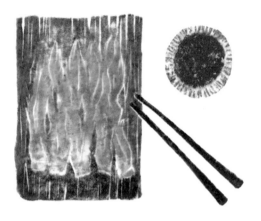

두릅은 땅에 심어 키우는 땅 두릅과 나무에서 자라는 새순을
먹는 나무 두릅이 있습니다. 나무 두릅은 가지 끝마다 하나씩만
나는 원순과, 원순을 딴 후에 곁가지에서 나는 여러 곁순을
수확합니다. 이것을 참두릅이라고도 하지요. 계절이 시작되기
전 수확이 없는 시기에 거둘 수 있는 작물이기도 하고 수확에
필요한 밭일도 혼자서 가능한 농사라 나무 두릅은 농부들에게
사랑받는 작물입니다. 매년 동계면에 두릅 밭이 점점 늘어나고

32

있습니다. 그중 동계면 현포 마을 한재희 농부님의 참두릅을
소개합니다.

봄이 오기 시작하면 두릅 밭은 매일 들여다봐야 합니다.
두릅나무 끝에 새순이 트고부터는 하루가 다르게 자라기 때문에
자칫 최상품으로 수확할 수 있는 때를 놓칠 수 있기 때문입니다.
그래서 농부님은 매일 오전, 오후 하루 두 번 두릅 밭에 가서 오늘
적당한 두릅을 수확하고, 내일 수확할 두릅을 봐두고 옵니다.

한재희 농부님의 두릅 밭은 총 세 곳입니다. 마을 전체가
다 보이는 높은 산에 한 곳, 마을 중턱에 한 곳, 저수지 앞에 한
곳이 있습니다. 세 곳 모두 각각 다른 마을에 있지요. 그중에
농부님의 소유인 밭은 없습니다. 농부님은 밭 주인의 산소를
관리하거나, 제사 음식을 만들어주는 것으로 임대료를 대신하고
밭을 얻었습니다. 그렇게 얻어 짓다 보니, 같은 방법으로 밭을
맡기시는 분이 하나둘 더 생겼습니다. 돈으로 얻을 수 있는 밭은
아니지요.

농부님이 밭을 얻는 또 다른 방법이 있습니다. 농촌은 땅
모양이 제각각이라 한 번에 넓고 좋은 밭을 얻기란 어렵습니다.
크고 반듯한 땅을 원하는 나에게 조각 땅은 맞지 않다고 생각
않고, 조각 밭부터 얻어서 시작합니다. 그렇게 한 해 두 해
농사를 짓다 보면 짓고 있던 밭과 붙어 있는 다른 밭들도 하나둘
더 얻게 됩니다. 몇 해 농사를 짓는 걸 지켜본 후에 그제야 밭을

맡겨주는 것이지요. 그렇게 조각조각 빌려 모은 밭을 넓고 반듯한 밭으로 만듭니다. 그렇게 농부님의 '터'를 만듭니다. 농사를 지을 터도, 사람이 살 터도 이들은 그렇게 얻습니다.

돈만으로 살 수 있는 부동산의 매물과는 분명 다르지요. 터를 만들어가는 그 과정 안에서 서로를 알아가는 것이 아닌가 싶습니다. 도시의 땅과 시골의 땅이 어떻게 다른지, '텃세'라는 말로 농촌을 말하는 사람들이 무엇을 몰랐는지, 모든 문제들이 어디서부터 시작되었는지 한재희 농부님이 만든 반듯한 밭을 보며 깨닫습니다. 산밭의 향을 가득 품은 두릅을 드시며 한재희 농부님이 모아 만든 밭을 그려볼 수 있으면 좋겠습니다.

5

적성면 강경 마을 박시도 님의

첫 숲차

꾀꼬리가 울면 차를 딸 때가 된 것입니다. 올해도 마을 '아짐'
들과 함께 차를 땄습니다. 똑똑똑 찻잎 따는 찻비 내리는 소리가
온 숲에 퍼집니다.

박시도 님의 차는 5월 한 달 동안 세 번 따고 세 번
만들어집니다. 5월 초에 첫 잎을 따서 녹차로, 중순쯤에 딴 잎을
청차로 만들고, 중순 이후에는 발효차를 만들 수 있는 찻잎이
된다고 합니다. 시기별로 온도와 습도가 달라 만들 수 있는 차도

달라지지요. 그중 가장 귀한 첫 차를 보냅니다.

차의 종류에 따라 차의 값어치가 달라진다고 하지만, 박시도 님은 차의 종류보다 차나무가 자라는 환경을 더 중요하게 여깁니다. 자연에 기대어 자라는 식물이라면 분명 혀에 닿는 맛 외에도 많은 것을 품고 있을 테지요. 조화로운 환경 안에서 자란 차나무가 좋은 기질을 품을 수 있을 것이라는 생각으로 밭이 아닌 숲의 형태로 차를 돌봅니다.

지금 차숲의 차나무는 누가, 그리고 언제 심어둔 것인지도 모릅니다. 근처에 백제 의자왕 시절 세워진 절이 있었다는 기록으로 아마 그때 스님들이 재배하던 차나무가 남아 있는 것이라 짐작할 뿐이지요. 차나무는 긴 시간 동안 숲속에서 다른 꽃과 나무와 바위와 어울리며 봄마다 새순을 내었을 것입니다. 봄, 여름에는 나무와 함께 새순을 내고, 가을, 겨울이 되면 잎을 떨어트려 앙상해졌을 나무 아래서 초록 잎을 드러내고, 동그랗고 하얀 꽃도 피워내며 나무가 비운 숲의 색을 채웠을 테지요. 숲의 다양한 관계들이 주고받는 힘으로 차나무는 그 자리에서 잘 적응하며 살아왔을 것입니다.

박시도 님은 차가 자라온 시간을 지키면서 오히려 욕심 대신 비워냄의 태도를 얻게 되었다고 합니다. 이미 조화롭게 서로 어울리는 관계가 되어 있을 나무를 함부로 베지 않고, 찻잎의 양을 늘리기 위해 수를 쓰지도 않았지요. 숲이 만든

관계를 존중하며 차나무가 좋은 잎을 내어주기를 묵묵히 기다릴
뿐이었습니다. 차가 살아온 시간을 받아들이기 위해서는
비워둔 여백이 있어야 한다는 것을, 그 여백으로 오히려 숲이
풍요로워진다는 것을 깨달았습니다.

　　내가 선택한 환경에서 나는 어떤 마음을 품고 살아가고
있을까요. 이곳의 시간을 존중하지 않은 채 욕심만 부렸던 것은
없었는지 돌이켜봅니다. 그러다 한 번씩 박시도 님이 내려주는
차를 마시러 갑니다. 그리고 찻잎이 우러나길 기다리며 차가
제게 주는 시간을 지켜봅니다. 박시도 님처럼 스스로 비워내고
채울 수 있는 여백을 갖게 되면, 저도 언젠가 숲속의 차나무처럼
자연스럽고 조화롭게 이곳과 섞여 지낼 수 있겠지요.

6

동계면 청년회 농부님들의

매실

동계면에는 주인 많은 매실 밭이 있습니다. 풀을 깎는 사람도,
매실나무 가지를 정리하는 사람도, 매실을 따는 사람도 다
다릅니다. 여러 농부들의 땀으로 꽃도, 열매도 함께 맺는 이 밭은
바로 동계면 청년회의 밭입니다.

    40~60세의 '청년'들이 모인 동계면 '청년회'는 손과 발이
필요한 마을의 여러 일들을 도맡아 합니다. 때마다 함께 마을
길의 풀을 깎거나, 또 함께 지은 매실 농사로 얻은 수익으로

해돋이, 면민의 날, 달집태우기처럼 모두가 모일 수 있는 자리를 마련하기도 하고, 구제역이나 AI를 막기 위한 가축 농가의 방역 등 궂은일도 함께합니다. 각자의 농사로 다들 바쁘면서도 마을을 살피는 일에 빠지지 않습니다. 분명 마을에 대한 애정 없이는 할 수 없는 일이겠지요. 도시에 살면서 '우리 마을'을 체감해보지 못한 저는 쉽게 품기 어려운 마음인 것 같습니다.

'청년회'의 청년들이 각자 자리에서 하는 일은 또 있습니다. 땅을 놀리지 않는 것이라 배운 청년들은 농부가 되어 마을 곳곳의 밭을 이어받았지요. 이른 새벽에, 한낮의 땡볕에, 때마다, 온종일 어르신들이 서 있던 자리에 이제 그들이 있습니다. 그 밭에서 때를 놓치지 않고 부지런히 논과 밭을 지었습니다. 먼 밖을 내다보는 대신 눈앞의 것들을 지킬 줄 알았던 것입니다.

수많은 논과 밭을, 어르신들의 다음을 그들이 이어받지 않았더라면 지금 이곳의 풍경은 또 어찌 되었을지 모르겠습니다. 마을 주민으로서, 농부로서, 계절마다의 생기 넘치는 농촌의 풍경을 지켜가고 있는 그들이 있어 든든합니다.

초록빛 단단한 청매실이 황금빛 뭉근한 매실청으로 익어가는 모습을 상상하며 이달의 보따리를 보냅니다. 먼 밖을 내다보지 않고 이곳을 잘 지키다 보면 저도, 책방도 언젠가 이 마을의 풍경이 되어 있겠지요.

달콤한 여름비

비 오는 날은 농부에게 하늘이 정해준 휴일입니다. 이왕이면
가랑비보다 세차게 내리는 억수가 좋지요. 누구라도 도저히 일할
수 없는 날이 되면 농부들 표정이 달라집니다. 방실방실 웃으며
한결 가벼운 표정의 농부가 있는가 하면, 이제나저제나 비가
그치기를 바라는 어두운 표정의 농부도 있지요. 저 같은 나이롱
농부는 비가 반갑습니다. 부지런한 농부도, 게으른 농부도 모두

쉬어야 하니 눈치 보지 않고 당당하게 쉴 수 있습니다. 책방
업무를 보느라 풀밭이 되어버린 밭을 이날만은 걱정하지 않아도
되니 마음이 편합니다. 별수 있나, 비가 오는데 어쩌겠어 하는
마음이 상황을 단숨에 정리해줍니다. 그렇다고 내리는 비에
조바심을 내고 있는 농부가 제대로 된 농부라고 할 수도 없을
겁니다. 게으름 피우다 미처 마치지 못한 일이 남아 그런 경우도
있으니까요.

　　어쨌든 비가 오는 날은 이러나저러나 쉬어야 합니다.
그리고 해가 뜨면 언제라도 논밭으로 달려갈 수 있게 달콤한
곡주를 들이켜며 몸과 기분이 쳐지지 않도록 해두는 것도 잊지
말아야겠지요.

7

동계면 추동 마을 방명순 농부님의

블루베리

블루베리 따는 날, 방명순 농부님의 밭으로 갔습니다. 농부님은
속눈썹까지 꼼꼼하게 화장을 하고서 운동복 차림으로 밭에서
블루베리를 선별하고 있었지요. 작년부터 보았지만 농부님은
밭에 갈 때에도 논에 갈 때에도 늘 화장을 합니다. 낡은 옷을 일복
삼아 입는 할머니 농부들 세대와는 다르지요. 그러고 보니
4월에는 네일 아트를 하고 두릅을 따던 농부 언니도 보았습니다.
낯설게 느껴지는 농부의 모습이 오히려 반갑습니다.

할머니들은 평생 농사를 짓고 살았어도 주로 남편의 이름
으로 농사를 짓습니다. 씨앗을 심는 일부터 갈무리까지, 농사의
과정에서 품과 손과 시간이 많이 드는 일은 대부분 여자들의
몫입니다. 그러면서도 농부로 인정받지 못하고, 내 이름으로
들어오는 수입도 없습니다. 물론 농사의 성과도, 농부로서의
혜택도 서류에 등록되어 있는 남편의 이름으로만 받습니다.
어쩌면 방명순 농부님의 화장은 농사를 가족의 일이 아닌,
나의 이름을 건 나만의 일로 여긴다는 선언 같은 것인지도
모르겠습니다.

　　더 이상 드러나지 않는 '보조'가 아니라는 것이지요. 방명순
농부님은 자신만의 블루베리 밭을 따로 만들었습니다. 남편의
농사를 돕기도 하지만 자신의 이름으로도 농사를 짓습니다.
그간 살아오며 만든 자신만의 관계들로 판매도 합니다. 블루베리
농사가 바쁜 철에는 남편이 보조가 되어줍니다. 손이 부족한
농사는 부부가 함께 지어도 좋지만, 각자의 이름으로 농사지으며
동료로서 관계 맺는 일도 필요한 것 같습니다. 농사도 농촌도
세대를 이어가려면 필요한 변화들이 있게 마련이지요.

　　할머니 세대에는 내 자식이 고생스러운 농사를 짓지 않기를
바라며 공부를 해서 도시로 나가기를 바랐습니다. 그처럼
농사가 직업으로서 가치를 갖지 못할 때도 있었지만, 달라진
세상 덕분인지 이름을 찾은 농부 언니들 덕분인지, 방명순

농부님은 농업을 가업으로 인정하고 자식들에게 물려주고 싶어 합니다. 농부님이 찾은 '농부'라는 이름처럼, 하나씩 찾아가는 작은 변화들로 살 만한 농촌이, 이어받고 물려받는 이에게 조금 더 나은 농사가, 농촌이 되기를 기대합니다.

8

동계면 오동 마을 농부님의

고춧가루

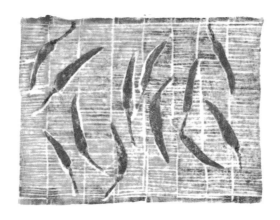

고추는 생각만 해도 고개를 절레절레 젓게 되는 작물이지요.

일도 많고 무사히 거두기도 어려운 작물 중 하나입니다. 4월에

고추 모종을 심은 뒤 지주대를 세우고 나면 7월부터 수확을

시작합니다. 무사히 익은 고추는 11월까지 수확을 하지요.

7월부터 11월까지 고추가 열리고 익기를 반복하면 그때마다 따고

씻고 말리고를 반복해야 합니다. 그야말로 네버엔딩 고추입니다.

밭에서도 밭 밖에서도 일은 끝나지 않지요.

오동 마을 농부님도 고추 농사를 짓습니다. 농부님의
농사에 늘 손이 되어주시는 분들이 계십니다. 바로 남원 곡촌
마을 할머니들입니다. 평생 농사를 지으며 살아오신 할머니들이
계신 밭에 함께 있을 때면 여기저기서 쉴 새 없이 전화벨 소리가
들립니다. 양파 밭, 매실 밭, 오디 밭 등 손이 필요한 여러 밭의
농부들이 할머니들을 찾는 전화입니다. 할머니들은 미리 잡아둔
일이 있어 일을 거절하는 밭도 많습니다. 그래서 농번기의
'아짐'들의 스케줄은 늘 꽉 차 있지요.

오동 마을 농부님의 밭은 곡촌 할머니들의 메인 스케줄
입니다. 한창 고추를 수확할 시기, 할머니들을 불러두고도 해가
뜨거운 고추 밭에 차마 할머니들을 세우지 못해 농부님은 하늘만
보고 있습니다. 언제쯤 해가 누그러질까, 바람이라도 조금 불기를
기다리며 고추보다 할머니들을 더 아끼는 것이지요.
그 마음을 아시는지 곡촌 할머니들은 오동 마을 농부님의 일을
가장 우선으로 도와주십니다.

사람이 부족한 요즘 농촌에서는 할머니들의 손이 더욱
귀합니다. 평생 농사를 짓고 사셨기 때문에 작물마다 필요한
농사일을 잘 아시지요. 그래서 젊은 농부가 모르는 일들도 알아서
척척 해주십니다. 농부님은 요즘 곡촌 할머니들이 안 계시면
앞으로 농사를 어떻게 지어야 하나 걱정이 많습니다. 점점 농사를
지으려는 사람들이 줄어드니 할머니들 손에 농촌의 미래가 달려

있는 셈입니다. 때마다 다들 손이 부족해 급할 땐 저도 한 번씩 책방을 닫고 거들러 나가긴 하지만 서툰 손이 얼마나 도움이 되는지는 모르겠습니다. 농사는 서투르지만 이곳에서도 내가 필요한 일이 있지 않을까 싶어 부지런히 봐두고, 놓치지 않고 들어두려 합니다.

농사는 혼자서 하기에는 어려운 일입니다. 심는 사람이 있으면 키워주는 날씨가 있어야 하고 팔아주는 사람도 있어야 하고 먹어주는 사람도 있어야 하니까요. 다들 곳곳에서 열심히 드셔주시니 함께 짓는 것이나 다름없습니다. 밭도 책방이지만 농사에 필요한 자리를 꼭 찾고 싶습니다.

9

동계면 현포 마을 농부님의

밤

순창에서도 이곳 동계면에서는 밤농사를 많이 짓습니다.
밤은 밭으로 짓지 않고 산에서 짓기에 '밤산'이라고 부릅니다.
밤나무는 마을의 오래된 작물 중 하나로 매실나무가 인기
작물로 등장하기 전에는 지금보다 더 많았다고 합니다. 널린
것이 밤이던 시절, 매년 밤 철이 되면 현포 마을 농부님은 학교가
끝나고 늘 친구들과 밤산으로 갔습니다. 아무 밤산에 올라가
밤을 주워 먹기도 하고, 주운 밤을 팔아 용돈으로 쓰기도 했지요.

그래도 마을 분들께 혼난 적 한 번 없었다고 합니다. 밭이 넉넉해서 마음도 넉넉할 수 있었던 시절이었나 봅니다.

마을 구석구석까지 가득하던 밤꽃 향이 사라지고 다시 밤을 수확하는 철이 돌아왔습니다. 다들 또 밤산에 계시겠지요. 현포 마을 농부님도 밤산에 있습니다. 아무 밤산에 올라가 몰래 밤을 줍던 농부님은 마을 분들이 짓던 밤산을 이어받아 농사짓고 있습니다. 이제는 직접 풀을 깎고 비료를 주며 땀을 흘려 밤을 수확합니다. 지금의 밤은 그때와 맛이 달라졌을까요?

농부님의 어린 시절 기억을 품고 있는 밤산을 봅니다. 밤산이 사라졌다면 농부님의 추억도 이렇게 생생하게 그려볼 수 없었을 것이라는 생각이 듭니다. 요즘은 햇빛 들지 않는 건물 지하에서도 작물을 키울 수 있다고 하지요. 기술이 아무리 발전해도 밭을 이어가며 쌓이는 이야기까지 키울 수는 없겠지요. 그것이 농촌의 '밭'이 그저 흙이 아닌, 살아 있는 '품'일 수 있는 이유일 것입니다. 계속 지켜야 하는 이유가 되기도 하고요.

농부님의 이야기를 듣고 나니 눈앞에 펼쳐진 논과 밭들도 누군가의 이야기를 가득 품고 있겠다는 생각이 들어 허투루 보아지지 않습니다. 혹여 수확을 놓친 밭을 만나면 무슨 일이 있을까 걱정도 되고, 아끼는 마음도 저절로 생겨납니다. 저도 부지런히 농사를 짓다 보면 넓은 밭 가득하도록 많은 이야기를 담을 수 있겠지요.

밭이 넓어야 하는 이유

영화 <늑대아이>에서 주인공 하나는 아이들과 함께 시골로 간
후 가족들이 먹을 만큼의 밭을 짓기 시작합니다. 그런 하나에게
마을 할아버지가 가르쳐주고 싶은 것이 있었습니다. 바로
필요한 만큼, 내 가족이 먹을 만큼만 일구는 밭이 아닌, 넓은
밭을 지어야 한다는 것이지요. 할아버지는 하나에게 이유나
방법을 세세하게 알려주시기보다 그저 묵묵히 함께해줄

뿐입니다. 넉넉해진 밭에서 주인공은 한 가지 마음이 아닌,
이웃과 함께 살아가는 큰 마음을 배우게 됩니다. 밭을 짓는 계절
동안 이웃과 서로 이런저런 도움을 주고받으며 살아가는 데에는
내 것, 네 것이 그리 중요하지 않다는 것을. 또 이곳은 그런
마음이 모여 살아가는 곳이라는 것을 깨닫게 됩니다. 주인공
하나처럼 저도 마을 분들에게 그 마음을 배웠습니다.

　　쌀농사를 짓는 저에게 가을은 봄, 여름 동안 실컷 받은
마음들을 나눌 수 있는 계절입니다. 막 도정을 마친 아직 따끈한
쌀을 차에 가득 싣고 가족보다 먼저 고마웠던 이웃에게 들고
갑니다. 애썼다, 잘했다 소리를 들을 생각에 벌써 신이 납니다.

10

책방 밭이 키운

쌀

세 해째 벼농사를 짓고 있습니다. 서류를 떼어보면 직업도
농부로 되어 있지요. 하지만 농사에 필요한 트럭도 없습니다.
농기계도 물론 없고요. 평생 도시에서만 살던, 농사라고는 전혀
아는 것이 없던 제가 여기서 어떻게 농부가 되었을까요.

논은 인기가 많습니다. 밭농사보다 수월하고 밭작물보다
돈이 되기 때문이지요. 그래서 한 논이라도 더 짓기 위해
농부들은 논을 구하는 데에 보이지 않는 경쟁을 합니다. 그

틈에서 저 같은 경험 없는 농부가 논을 구하기란 하늘에 별 따기보다 어렵습니다. 내려온 지 얼마 되지 않아 운이 좋게도 면사무소에서 아르바이트를 할 수 있게 되었습니다. 그때 함께 일했던 공무원분들이 제가 논농사를 짓고 싶어 한다는 것을 알고 경작자를 구하는 논을 몇 달 동안 찾아 알려주었습니다. 그때 일러준 논을 농지 은행을 통해서 임대 받았습니다.

덜컥 계약서를 쓰고 나니 무엇부터 해야 할지 몰랐습니다. 한 해를 놓치지 않으려면 빨리 움직여야 했기에 마음만 급했습니다. 우선 모부터 구해야 했습니다. 사정을 마을 분들에게 이야기했더니 병태 아저씨가 세상에서 가장 맛있는 쌀이라며 직접 키워 거둔 볍씨를 나눠주었습니다. 재희 형님이 쟁기질과 써레질을 하실 분을 찾아주었습니다. 겨우 모를 심고 나니 벼가 자라는 동안 이웃들이 오며 가며 논을 봐주었습니다. 그리고 그때그때 필요한 논일들을 만나서나 전화로 알려주었습니다.

생애 첫 벼농사였지만 덕분에 무사히 수확까지 마칠 수 있었지요. 수확을 하면서도 많은 도움을 받았습니다. 고수석 아저씨는 수확한 나락을 트럭이 없는 저 대신 건조기로, 정미소로 옮겨주었습니다. 정미소 인성 아저씨는 이쁜 쌀이 되라고 보석 세공하듯 신경을 써서 예쁘게 도정해주시고, 작업 규격 이하의 소포장도 퇴근 시간이 넘도록 작업해주셨습니다.

그러고 나면 또 포장한 수백 킬로그램의 쌀을 보관할 곳도 필요했습니다. 보통 집 마당에 저온 저장고를 따로 설치해 쌀을 보관하지만 저는 저장고는커녕 집도 없는 형편이다 보니 재희 형님이 따로 저장고 한 켠을 쓰도록 해주었습니다. 주문이 들어오면 재희 형님의 저장고에서 주문 받은 쌀을 한 포 두 포 꺼내어 배송을 합니다. 판매는 또 어떻고요. 이름 있는 농부도 아닌, SNS 팔로워 수가 겨우 13명인 사람이 천 킬로그램이 넘는 쌀을 팔 수 있도록 친구가 온 친척, 친구를 모아주었습니다. 그렇게 첫해 거둔 쌀을 모두 팔았습니다.

벼를 키우는 것도 파는 것도 초보인 농부가 세 해째 무사히 농부일 수 있는 까닭은 주변 사람들 덕분이었습니다. 어쩌면 저는 벼농사를 짓는 것이 아니라 꼭 사람 농사를 짓고 있는 것 같습니다.

쌀을 도정할 때 깨진 쌀과 떨어진 쌀눈을 모은 것을 싸라기라고 합니다. 매년 도정을 마치면 한 포 정도의 싸라기가 나옵니다. 처음 도정을 마치고 받은 싸라기를 어찌할 줄 몰랐을 때 재희 형님이 일러주었습니다. "떡으로 만들어서 마을 사람들이랑 다 나눠 묵어 부러"라고요. 올해 싸라기로 만든 떡도 함께 보냅니다. 한마을 사람들처럼 함께 드셔주세요.

11

현포 마을 딸부자 농장 김미정, 김우곤 농부님의
대봉감

일이 없어 농촌을 떠나는 사람이 많다는 뉴스를 봅니다.
농부님들은 다들 철마다 손이 부족하다고 걱정이 많은데, 왜
일이 없어 도시로 가는 사람이 많다는 걸까요.

현포 마을 딸부자 농장의 농부님은 가장 바쁜 농부입니다.
4월의 두릅, 5월의 오디, 6월의 매실, 10월의 밤, 11월의 감과
콩을 거두기 위해 한 해 동안 여러 농사를 짓습니다. 또 심은
두릅나무에서 새 뿌리가 나면 캐어서 묘목으로 팝니다. 팔고

남은 감은 깨끗하게 깎아 감 말랭이로 만들지요. 농사로 수익을 낼 수 있는 한 철도 놓치지 않습니다.

이들이 농사만 지을까요? 섬진강이 이어져 있는 이곳은 다슬기가 많습니다. 그래서 8월부터는 다슬기도 잡습니다. 그러고도 틈틈이 김미정 농부님은 통계청의 각종 아르바이트를 하고, 김우곤 농부님은 지게차 일도 하시지요. 농부라고 해서 농사만 짓는 사람은 거의 없습니다. 회사로 출퇴근하고, 건설 현장을 나가며, 식당을, 공부방을 운영하고 택배 일을 하며 농사를 짓습니다. 다들 농부이지만 농사 외에도 많은 일들을 하며 살아갑니다.

농촌을 떠난 사람들처럼 나에게도 혹시 숨겨둔 '떠날 마음'이 있는지 곰곰이 생각해봅니다. 만약 책방 운영이 어렵게 된다면 저는 어떻게 할까요? 농부들은 농사를 짓지 못하게 되어도 이곳을 떠날 생각을 하는 대신, 떠나지 않을 방법을 찾겠지요. 그렇게 살 터를 나에게 맞추려 하기보다 터에 나를 맞춰가며 살아갈 것입니다. 그런 단단한 마음으로 키웠으니 옮겨 심은 감나무도 깊게 뿌리를 내릴 수 있었겠지요.

햇빛이 길게 드는 좋은 조건의 자리에 자리한 2천 평 규모의 감 밭을 농부님들은 제초제를 뿌리지 않고 직접 풀을 베었습니다. 값을 더 받기 위해 이른 수확을 하는 대신 서리가 두 번 내릴 때까지 기다려 제 맛을 품은 대봉감을 보냅니다. 열매를

맺기까지 고군분투한 낯설지만 재미있는 모양의 감도 함께
넣었습니다. 각기 다른 모양으로 다들 애쓰며 살고 있는 농부들
모습 같기도 합니다.

대봉감은 홍시로 먹는 후숙 과일이라 바로 드실 수는 없지만
농사의 마지막은 먹는 사람의 몫이기도 하기에 올해 감농사의
마지막 바통을 넘겨봅니다. 어디서든 그곳에서 완성되기를
바랍니다.

12

동계면 서호 마을 장순님 어머니의

가락엿

땅이 얼면 그제서야 제철이 되는 작물이 있습니다. 집집마다
가을에 거둔 쌀로 만드는 조청과 엿이 겨울 제철 수작(手作)물
이지요. 바쁜 가을 일과 겨울 김장이 끝나면 마을 '아짐'들은
집집의 엿 방으로 모입니다. 한마을에도 여러 집이 엿을 만들기
때문에 엿 만드는 계절이 되면 김장철처럼 서로 품앗이를
갑니다. 12월 작물은 엿 만드는 집 중 맛이 으뜸인 서호 마을
장순님 어머니의 가락엿입니다.

쌀에서 엿이 되기까지 사흘. 쌀을 불려 엿밥을 찌고 나면
엿기름과 물을 넣고 밤 동안 삭힙니다. 삭힌 엿물을 고아 만든
조청이 엿이 될 때까지 다시 하루를 달입니다. 오래도록 달인 후
갱엿이 되면 수증기 뿜는 냄비 위에서 두 사람이 갱엿의 양쪽을
잡고서 당기고 접기를 반복합니다. 엿을 늘이는 것은 50도 가까이
되는 더운 방에서, 조그만 구멍을 통해 늘인 엿을 보내며 굳히는
것은 영하 5도의 찬방에서 이루어집니다. 그렇게 정성과 시간을
들여 겨우 엿이 되지요.

엿 방 중 가장 마음이 잘 맞는 이웃을 짝꿍으로 둔 장순님
어머니의 엿은 씹으면 아사삭 부서지는 구멍 많은 엿입니다.
그 구멍을 어머니는 '바람'이라고 합니다. 바람 많은 엿을 만드는
데에는 가장 중요한 것이 있습니다. 짝꿍과 혹여 서운한 것이라도
생기면 엿을 잡고 있는 손이 틀어져 함께 당기는 엿도 틀어지고
말기 때문에 엿을 만드는 계절이 오기 전에 어머니들은 서로에
대한 마음부터 준비해둔다고 합니다. 서운하지 않게, 다투는
일 없도록 평소보다 특히 더 조심하며 지내신다지요. 그렇게
마음을 맞추니 엿의 맛이 더 좋아지나 봅니다. 따뜻한 방에서도
차가운 겨울을 즐기라는 바람을 가득 담은 장순님 어머니의 엿을
보냅니다. 어머니의 바람이 멀리까지 전해지길 바랍니다.

받는 마음

'밭'에서 온 책 보따리를 받았습니다. 단정하게 묶인 면 보자기를 풀자 책과 쌀, 콩가루를 곱게 묻힌 인절미가 담겨 있었지요. 싸라기로 만든 포실한 떡을 한입 베어 물고 함께 온 엽서 속 깊은 초록의 들녘을 바라보니 어린 시절 제 방 창문에서 보이던 풍경이 생각났습니다.

우리 가족은 도심에서 살다가 전원에 지어진 새 아파트로 이사를 하였습니다. 우리 집이 생겼다는 기쁨도 잠시, 롤러장도 영화관도 백화점도 없는 한적한 동네가 낯설고 싫었던 저는 부모님께 보이는 것은 허허벌판 논밖에 없다고 볼멘소리로 투정을 부렸지요. 그러던 어느 날 가족들과 함께 집 앞 논두렁 길을 산책하였습니다. 아빠와 엄마가 보여준 것은 메뚜기, 개구리, 소, 이름 모를 꽃, 굴다리, 물 흐르는 소리, 풀냄새…. 그곳은 처음 보는 신기하고 재미있는 것들로 가득했습니다. 시간이 흐르고 17층 창문에서 보이던 풍경의 생경함은 점점

사라지고 바지런한 농부의 모습과 하굣길 걸어가는 친구들의
발걸음, 시간을 일깨우는 계절의 빛깔들이 조금씩 눈에
보이면서 창을 통해 바라보는 풍경들을 사랑하기 시작했습니다.
허허벌판이라고 느꼈던 것은 내가 보았던 것이 더 높다고
생각하였던 어린 마음이었겠지요.

　　　보따리를 풀며 만나는 작물과 책은 이렇게 잠시 잊고 있던
기억들을 꺼내주고 지금의 계절과 나를 일깨워주었습니다.
대봉감, 가락엿, 두릅 등 작물과 농부님들의 삶을 읽는 시간들이
참으로 좋았습니다. 인간에 의해 재배되는 작물은 자연의
산물이기도 하지만 시간을 거치면서 키우는 사람의 마음도
자연스레 깃들게 되는 것 같습니다.

　　　같은 모양의 가지가 없듯이 다양한 작물에 스며든 각기
다른 이들의 얼굴을 떠올리며, 여러 가지 마음이 모인 한 끼를
먹고 그 힘으로 매일 다른 하루를 살아가는 우리를 그려봅니다.
그런 하루가 모여 한 그루의 나무처럼 한 사람의 인생이
만들어진다고 생각해보면, 농촌과 도시를 나눠 생각하기보다
이 땅에서 살아가고 있는 우리들의 마음가짐에 대해 순환적으로
생각하지 않을 수 없습니다. 나는 어떤 마음을 기르고 어떤
모양의 가지가 될 것인지 오늘도 마음 밭을 두루 살펴봅니다.

　　　　　　　　　　　　　　　2021년 겨울밤, 김기란

한그루 열두 가지

초판 1쇄 인쇄 2021년 12월 14일
초판 1쇄 발행 2021년 12월 30일

글 박정미
그림 김기란
발행인 고석현

편집 박혜미
디자인 달실
마케팅 정완교, 소재범, 고보미
관리 문지희

발행처 (주)한올엠앤씨
등록 2011년 5월 14일

주소 경기도 파주시 심학산로 12, 4층
전화 031-839-6804 (마케팅), 031-839-6812 (편집)
팩스 031-839-6828
이메일 booksonwed@gmail.com

ISBN 978-89-86022-47-6